SUCCESSION

MARIE AIMÉE

DES VARIÉTÉS

Me Gustave COULON	**M. E. VANNES**
COMMISSAIRE-PRISEUR	EXPERT
56, rue du Faubourg-Montmartre, 56.	54, rue du Faubourg-Montmartre, 54.

CATALOGUE

DE LA

VENTE AUX ENCHÈRES PUBLIQUES

A la requête de M. GABRIEL FAUQUE, curateur, et en vertu d'ordonnance enregistrée

DE LA

Succession de Mlle Aimée Tronchon

DITE

MARIE AIMÉE

ARTISTE DES *VARIÉTÉS*

BEAU MOBILIER ARTISTIQUE

Antichambre — Petit Salon — Salon — Deux Chambres à coucher
Salle à manger — Salle de bains, etc., etc.
Meubles anciens — Sièges de fantaisie — Piano de HERZ — Orgue d'ALEXANDRE

ARGENTERIE — BIJOUX

Belle Argenterie en partie de TIFFANY, de New-York — Services de table
Cuvettes — Aiguières, etc., etc.
Diamants — Perles — Saphirs — Bracelets — Broches, etc.

BRONZES, OBJETS D'ART, PORCELAINES

Groupes bronze — Statuettes — Pendules — Garnitures de cheminée
Vases — Potiches — Coffrets, etc., etc.

LIVRES — TABLEAUX — PARTITIONS

Linge — Literie — Glaces — Tentures — Débarras

HOTEL DROUOT, SALLE N° 1

Les Mercredi 16, Jeudi 17, Vendredi 18 et Samedi 19 Mai 1888

A DEUX HEURES

Me GUSTAVE COULON
COMMISSAIRE-PRISEUR
56, Faubourg-Montmartre, 56

M. E. VANNES
EXPERT
54, Faubourg-Montmartre, 54

Chez lesquels se trouve le présent catalogue.

EXPOSITION PUBLIQUE

Le Mardi 15 Mai 1888, de 2 heures à 5 heures.

ORDRE DES VACATIONS

Mercredi 16 Mai 1888. Argenterie, Bijoux.

Jeudi 17 . . . . Bronzes, Porcelaines, Objets d'art, Tableaux.

Vendredi 18 . . . . . . Meubles, Sièges, Tentures, etc.

Samedi 19 . . . . Suite des Meubles et Tentures, Livres, Partitions, Dentelles, Broderies, Guipures, Linge, Débarras.

CONDITIONS DE LA VENTE

Elle sera faite *expressément* au comptant.

Les Acquéreurs paieront *cinq pour cent* en sus des adjudications, applicables aux frais de la vente.

L'Exposition mettant les acquéreurs à même de se rendre compte de l'état et de la nature des objets, il ne sera admis aucune réclamation une fois l'adjudication prononcée.

Paris. — Imp. de l'Art, E. Ménard et Cie, 41, rue de la Victoire.

Désignation des objets

ARGENTERIE — BIJOUX

1 — Couronne d'artiste en argent vierge.

2 — Garniture de toilette composée d'une cuvette et son aiguière en argent, et quatre pièces en cristal à couvercles d'argent.

Poids : 3 kilog. 160 gr.

3 — Cuvette et son aiguière en argent gravé et guilloché.

Poids : 3 kilog. 310 gr.

4 — Théière en argent.

Poids : 925 gr.

5 — Sucrier en argent.

Poids : 635 gr.

6 — Verseuse en argent.

Poids : 925 gr.

7 — Plateau, dix gobelets et dix cuillères ; service à punch.

Poids : 1 kilog. 565 gr.

8 — Cafetière en argent.

Poids : 1 kilog.

9 — Plateau et six verres à liqueurs.

Poids : 490 gr.

10 — Deux belles coupes à fruits sur cariatides.

Poids : 3 kilog. 260 gr.

11 — Deux plats de service.

Poids des deux plats : 1 kilog. 200 gr.

12 — Support de coupe à fruits.

Poids : 900 gr.

13 — Encrier.

Poids : 580 gr.

14 — Douze couverts de table.

Poids : 2 kilog. 450 gr.

15 — Douze couverts d'entremets.

Poids : 1 kilog.

16 — Six couverts.

Poids : 710 gr.

17 — Vingt-quatre cuillères.

Poids : 2 kilog. 35 gr.

18 — Douze couverts en vermeil.

Poids : 1 kilog. 390 gr.

19 — Douze cuillères à café en vermeil.

Poids : 1 kilog. 30 gr.

20 — Onze fourchettes à huitres.

Poids : 420 gr.

21 — Douze fourchettes.

Poids : 1 kilog. 10 gr.

22 — Service à poisson.

Poids : 345 gr.

23 — Vingt-quatre cuillères à café.

Poids : 580 gr.

24 — Deux louches en argent.

25 — Quatre cuillères à ragoût.

26 — Service à poisson.

27 — Truelle et fourchette à poisson.

28 — Manche à gigot.

29 — Pelle à légumes.

30 — Pince à asperges.

31 — Pelles à fruits et à sucre.

32 — Deux cuillères à fruits.

33 — Douze fourchettes à huîtres.

34 — Douze cuillères à œufs.

35 — Couteaux et pince à sucre.

36 — Neuf tasses à thé et à café avec leurs soucoupes.

37 — Douze cuillères à punch.

38 — Porte-bouquets.

39 — Trois passe-thé.

40 — Cafetière.

41 — Bouts-de-table, porte-cure-dents et deux ronds de serviette.

42 — Sucrier et bol.

43 — Sonnette.

44 — Broc à bière.

45 — Deux gobelets.

46 — Panier.

47 — Dix-sept pièces diverses.

48 — Six cuillères à café.

49 — Neuf bouchons à carafes.

50 — Cinq salières. Style Louis XVI.

51 — Six salières.

52 — Quinze pièces diverses : coquetiers, dessous de carafes, etc., etc.

53 — Douze beaux couteaux à dessert, manches et lames en argent.

54 — Deux couverts à gigot, manches en argent.

55 — Six couteaux, manches en argent, lames en acier.

56 — Couvert à salade en ivoire, manches en argent.

57 — Pelles à fruits et à sucre.

58 — Carafe à bière en cristal, montée en argent.

59 — Vingt-deux couteaux, manches en argent.

60 — Quatre dessous de carafes.

61 — Deux flacons à toilette montés en argent.

BIJOUX

62 — Paire de boutons d'oreilles, formés chacun d'un beau solitaire en brillant.

63 — Bracelet en or orné de treize brillants.

64 — Bracelet en or orné de onze perles fines.

65 — Épingle de cravate en or ornée d'une perle.

66 — Montre de dame à remontoir avec chaine et breloque.

67 — Bague montée de brillants, de saphir et de grenats.

68 — Trois boutons de chemise montés de perles.

69 — Deux boutons montés de brillants.

70 — Broche en forme de croissant, or et argent, montée de brillants et de roses.

71 — Bague ornée d'une perle baroque.

72 — Paire de boucles d'oreilles formées de papillons, ornés de brillants, de roses et de rubis.

73 — Montre de dame à remontoir en or émaillé.

74 — Bourse en or.

75 — Diadème en argent doré.

76 — Deux bracelets en or.

77 — Tabatière ornée de roses en argent doré.

78 — Diadème en argent doré.

79 — Trois épingles à cheveux en argent doré, ornées de topazes.

80 — Médaillon et collier en argent doré.

81 — Petit bracelet en or monté de perles.

82 — Bourse et dé en argent.

83 — Châtelaine et médaillon.

84 — Bracelet en filigrane d'argent doré.

*

85 — Deux bracelets en or.

86 — Deux porte-monnaie en argent.

87 — Vingt-cinq pièces de monnaies diverses.

88 — Deux boucles anciennes montées de strass.

89 — Deux boucles d'oreilles en or montées de roses.

90 — Deux bagues en or montées de roses.

91 — Petite chaîne dite Jeannette.

92 — Carnet de bal en argent doré.

93 — Médaille et pièce japonaise en argent doré.

94 — Broche en forme de fer à cheval en or, montée de perles fines.

95 — Deux boutons en or ornés de turquoises.

96 — Deux boutons montés de perles.

97 — Deux épingles de cravate en or, en forme de fer à cheval, et montées de perles.

98 — Deux boucles d'oreilles en or ornées de brillants et de grenats.

PLAQUÉ

99 — Neuf pièces en beau plaqué : réchauds, seaux à glace, broc, corbeilles à pain.

100 — Ménagère à condiments.

101 — Casserole à chocolat, trois cuillères à café et moulin à poivre.

MEUBLES — SIÈGES

102 — Très beau meuble de la Renaissance, en ébène, à deux vantaux sculptés, sur pieds boule, trois colonnes torses surmontées de chapiteaux sculptés de mascarons ; le fronton du meuble, à motif central sculpté, est à feuilles de chêne.

103 — Deux supports d'applique en noyer sculpté, formés par des amours soutenant une large coquille.

104 — Autre support en noyer, style Renaissance.

105 — Deux tables en bois sculpté, supportées par des enfants formant cariatides.

106 — Commode ventrue du temps de Louis XV, en bois de rose et ornée de cuivres dorés.

107 — Table italienne carrée en marqueterie de bois, sur quatre pieds à croisillons.

108 — Commode Louis XV en bois de rose, avec son marbre en brèche de Sienne.

109 — Grand et bel écran en bois de fer sculpté à jour, sur embase à galerie, supporté par deux chimères. Le panneau central est orné d'une riche broderie au plumetis d'oiseaux et de feuillages sur satin blanc. Travail chinois.

110 — Autre petit écran avec broderie. Travail chinois.

111 — Bureau en bois du Teck sculpté, supporté sur deux consoles formées par des chimères en volutes ; le corps du bas, à panneaux sculptés de bambou, est à portes mobiles et à quatre tiroirs externes de chaque côté ; la partie supérieure formant bureau est garnie de peluche bleue et ornée d'une galerie à jour.

112 — Portemanteau d'antichambre en bois noir, à fronton sculpté, glace, porte-parapluies.

113 — Grande table chinoise carrée en bois de fer ajouré et sculpté.

114 — Cinq tables et tabourets en bois de fer avec galeries à jour et tablettes. Travail chinois.

115 — Deux tables à jeu en laque de Canton, à fonds d'or.

116 — Quatre chaises et un tabouret de style oriental.

117 — Deux cabinets en laque du Japon.

118 — Toilette duchesse de style Louis XV, en bois sculpté et laqué, avec glace mobile sur consoles.

119 — Petite psyché de style Louis XVI, bois doré, glace à biseaux.

120 — Bon piano droit de Henri Herz, en palissandre, demi-oblique. 7 octaves, n° 29357.

121 — Bel orgue de chapelle d'Alexandre, en mosaïque de palissandre et bois de rose, colonnettes et garniture bronze doré.

122 — Table du temps de Louis XV, en noyer sculpté, à pieds de biche.

123 — Meuble-crédence en noyer sculpté, à trois

vantaux, formé en partie de panneaux de la Renaissance.

124 — Fausse cheminée en chêne sculpté, à cariatides, surmontée d'une glace à cadre sculpté.

125 — Table carrée de style Henri II, en noyer sculpté sur colonnettes, avec trois allonges.

126 — Grande toilette en palissandre avec filets, de style Louis XV, à dessus de marbre blanc, et surmontée d'une glace à fronton couronné.

127 — Armoire à glace de style Louis XVI, à deux vantaux, en acajou, à filets et gorges de cuivre.

128 — Grande glace italienne à pans biseautés.

129 — Beau lit de milieu de style Louis XV, en noyer sculpté, à parties dorées. Les rideaux des côtés sont en satin vieil or ancien broché; le fond est formé d'un beau châle en crêpe de Chine fond blanc brodé au passé de bouquets de fleurs roses, la frange est à grille et longs effilés de soie. Le baldaquin est également garni d'un crêpe de Chine drapé sur transparent de soie rose.

130 — Autre lit de milieu, de style Louis XVI, en

acajou, à filets de cuivre et colonnettes, avec son sommier à plates bandes.

131 — Armoire à trois corps de glace, en acajou, à coins ronds à gorges et filets de cuivre.

132 — Petit bureau de dame Louis XVI, en acajou.

133 — Grande glace de style Louis XIII, en bois noir, glace biseautée.

134 — Petite table carrée en poirier noirci, sur pieds tors.

135 — Fausse cheminée en satin vieil or et applications de broderies.

136 — Deux chaises de style Louis XVI, en noyer sculpté, couvertes en damas de soie ancien.

137 — Quatre plateaux de service, en laque du Japon.

SIÈGES

138 — Canapé Louis XV en noyer sculpté, couvert en étoffe de soie ancienne semée de fleurettes blanches, sur fond rouge feu.

139 — Huit fauteuils Louis XV en noyer sculpté et couverts d'étoffe du temps, de nuances diverses. (Ce lot sera divisé.)

140 — Fauteuil bergère à coussin, en noyer sculpté, du temps de Louis XV, et couvert en soie fond blanc brochée de fleurs.

141 — Cinq chaises volantes en bois doré, couvertes en soie.

142 — Petit canapé-confident en noyer sculpté, style Louis XV, couvert en vieille soie fond bleu, brochée de fleurs.

143 — Paravent brodé à quatre feuilles.

144 — Deux fauteuils anglais, manchettes en coussins, et couverts en crêpe de Chine richement brodé de fleurs.

145 — Chaise longue de forme anglaise, couverte en étoffe ancienne lamée et brochée.

146 — Chaise longue à coussins, couverte en étoffe de style oriental.

147 — Six chaises de salle à manger en noyer, de style Henri II, couvertes en armure de soie rouge.

148 — Six chaises hollandaises d'époque Louis XV, à hauts dossiers, en marqueterie ; les sièges sont couverts de velours rouge gaufré.

149 — Six fauteuils chinois en bois de teck sculpté, sièges en marbre avec coussins en bambou.

150 — Tabouret de piano, style oriental.

151 — Quatre coussins lin brodé, peluche et soie.

TENTURES — TAPIS

CHAMBRE A COUCHER

152 — Une croisée : trois portières en satin vieil or, doublées, molletonnées et passementeries.

153 — Tenture murale de la pièce en étoffe du temps de Louis XV, satin vieil or broché de fleurs et de rubans.

154 — Tapis fond rouge.

155 — Carpette et descente de lit.

GRAND SALON

156 — Deux croisées : deux portières en soie, doublées et molletonnées.

157 — Tapis fond rouge.

158 — Très beau tapis oriental brodé en fin, et formant dessus de piano.

159 — Bandeau de cheminée brodé d'argent.

PETIT SALON

160 — Deux rideaux, trois portières en granité doublé et molletonné.

161 — Un tapis et une carpette.

162 — Sept portières en tissu de Karamanie.

SALLE A MANGER

163 — Deux croisées : trois portières en velours ratine, fond rouge, et brodées au plumetis de fleurs, doublées et molletonnées, avec grands bandeaux formant lambrequins.

164 — Tapis de style oriental, garnissant la pièce.

165 — Croisée et deux portières en cretonne.

166 — Garniture de lit en granité rouge.

167 — Tapis fond rouge.

168 — Rideaux de vitrage et stores.

169 — Tenture japonaise.

BRONZES — OBJETS D'ART

PORCELAINES

170 — Table-support en bronze et marbre, formée par une statuette de femme ailée en bronze, patine verte, supportant un plateau enguirlandé.

171 — Paire de vases en bronze du Japon, décorés de chimères.

172 — Jolie garniture de cheminée composée d'une pendule, de deux candélabres et de deux bougeoirs, bronze doré au mat et marbre blanc.

173 — Statuette de baigneuse en bronze argenté et poli.

174 — Paire d'appliques à trois lumières, de style Louis XVI, en bronze doré au mat et ciselé.

175 — Figure en bronze de pêcheur italien, étendu et endormi sur un rocher.

176 — Lampe en cuivre de style Renaissance.

177 — Belle paire de lampes en bronze argenté et poli, sur piédouche de marbre, et ornées de mascarons et d'amours en ronde bosse.

178 — Trois plats en émail cloisonné du Japon.

179 — Deux coupes en porcelaine genre de Sèvres, monture en bronze doré.

180 — Petite table en glace montée sur bronze.

181 — Coffret à bijoux de style Renaissance.

182 — Groupe de faune et bacchante, d'après Clodion.

183 — Galerie de foyer de style Louis XVI.

184 — Porte-accessoires en cuivre poli, de style Renaissance, garni de balai, pelle, pincettes et tisonnier.

185 — Statuette bouddhique en bronze ancien du Japon.

186 — Fermoir de cheminée en cuivre poli.

187 — Paire de petits bouts de table en bronze doré, de style Louis XVI.

188 — Garniture de cheminée en bronze argenté et poli, de style Renaissance, composée d'une pendule sur embase décorée de mascarons, de sphinx et surmontée d'une statuette de femme drapée et tenant un masque ; deux coupes, deux bougeoirs et deux vide-poches de même style.

189 — Veilleuse de chambre à coucher en bronze argenté, de même style.

190 — Lanterne d'antichambre en fer forgé, style de la Renaissance.

191 — Lustre en tôle de fer de style gothique, à douze lumières ornées chacune de feuillages.

192 — Galerie de foyer de style Renaissance en bronze argenté.

193 — Deux bougeoirs en fer et cuivre.

194 — Pendule en marbre jaspé rouge et bronze, de style néo-grec, surmontée d'un buste de femme en bronze argenté sur piédouche.

195 — Pendule de style chinois, formée d'un socle en bois sculpté, et surmontée d'un guerrier à

cheval sur un chien de Fô en ancien bronze patiné d'or de la Chine.

196 — Quatre bouts de table d'époque Louis XV, en bronze argenté, à trois lumières chacun.

197 — Deux bouts de table en cuivre doré.

198 — Pièce décorative en bronze argenté, représentant un char en forme de coquille, attelé de cygnes.

199 — Cinq pièces diverses, bronze du Japon.

200 — Garniture de cheminée bronze doré, style Louis XVI : pendule et deux candélabres.

201 — Quatre pièces, ivoires sculptés du Japon.

202 — Trois beaux instruments de musique mexicains, dits bandjos, garnis de métal.

203 — Coffrets et cabinets en laque du Japon.

204 — Boite contenant divers jeux.

205 — Jeux chinois.

206 — Mandoline napolitaine.

207 — Garniture de cheminée : pendule, deux candélabres de style Louis XVI, en bronze doré.

208 — Deux bras de lumière en bronze doré.

209 — Paire de grands rouleaux en porcelaine du Japon, décorés de personnages et de dragons en relief.

210 — Paire de grands vases en porcelaine de Canton, décorés, en vert et or, de scènes tirées de la vie chinoise.

211 — Paire de vases à fleurs en porcelaine de Chine.

212 — Paire de vases en porcelaine de Nagasaki.

213 — Paire de grands vases à collerettes, en porcelaine de Yokohama, laqués en plein.

214 — Paire de vases craquelés à collerettes. Japon.

215 — Vase en porcelaine de Canton, vert et or.

216 — Trois grandes potiches en faïence de Delft, à couvercles ; décor bleu et rouille.

217 — Paire de bouteilles en Delft ; félures.

218 — Quatre vases à fleurs en terre cuite de Chine.

219 — Deux assiettes en porcelaine genre de Sèvres, à marli bleu de roi et or.

220 — Deux bols en porcelaine du Japon.

221 — Jardinière et son assiette en porcelaine de Chine.

222 — Deux statuettes et deux poteries en terre du Mexique.

223 — Deux seaux en porcelaine de Vienne, décorés de bouquets de fleurs.

224 — Glace de toilette ovale ; l'entourage, en porcelaine, est formé de fleurettes et surmonté de deux amours tenant un médaillon à portrait de femme.

225 — Service de table en porcelaine de Canton, décor vert et or. Environ cent quatre-vingt pièces.

226 — Coffret en malachite.

227 — Coffret à ouvrage en nacre.

228 — Glace de toilette en porcelaine décorée.

229 — Poignards, raquettes, tambourin.

230 — Hachette, calumet de l'Inde.

231 — Grande coupe en porcelaine de Canton.

232 — Bidet en vieux Rouen.

233 — Nécessaires de toilette, coffrets, éventails.

234 — Bonbonnières, sachets, etc., etc. (Ce lot sera divisé.)

235 — Garniture de toilette en ivoire, et chiffrée.

236 — Dentelles, guipures, broderies. (Ce lot sera divisé.)

237 — Guipures de Venise et d'Irlande.

238 — Tapisseries, châles, fourrures.

239 — Robe de chambre japonaise en soie brodée.

240 — Cachemires, coupons de soie divers.

241 — Ombrelles.

TABLEAUX

242 — Tableau de fleurs.

243 — Quatre cadres contenant une collection de coléoptères et de papillons.

244 — École flamande. La Tentation. Petit panneau.

245 — École française. Tête d'étude.

246 — Fleurs. Signé Viard.

247 — Quantité de photographies représentant Aimée dans ses différents rôles.

LIVRES ANCIENS

248 — **Beaumarchais.** Mariage de Figaro, 1785. Suite de gravures. 1 vol. maroq. plein.

249 — **Destouches.** Œuvres. Amsterdam, 1755. 5 vol. in-12 maroq. plein.

250 — **Lafontaine.** Contes. Amsterdam, 1764. Contes. Gravures avant la lettre. 2 vol. maroq. plein.

251 — **Longus.** Daphnis et Chloé. 1757. 1 vol. maroq. plein, armoiries.

252 — **Retif de la Bretonne.** Le Paysan perverti. La Paysanne pervertie. 1784. Avec figures de Binet. 8 vol. non rognés, demi-rel. maroq. vert.

253 — **Rousseau.** Contrat social, 1795. Didot. 1 vol. demi-rel. maroq.

254 — **Tacite.** 1634. Elzévir. 1 vol. in-18.

LIVRES MODERNES

255 — **Arène (Paul).** Au bon soleil. 1 vol. papier Hollande broché.

256 — **Arène (Paul).** La Chine familière. 1 vol.

257 — **Arène (Paul).** Héro et Léandre. 1 vol. broché.

258 — **Aurevilly (Barbey d').** L'Ensorcelée. 1 vol.

259 — **Béranger.** Édition populaire, Perrotin. 1 vol.

260 — **Bernardin de Saint-Pierre.** Paul et Virginie. 1 vol.

261 — **Bertin.** Le Furoncle. 1 vol. demi-rel.

262 — **Boileau.** Œuvres. 1 vol. demi-rel. maroq.

263 — **Boufflers.** Contes. Lemerre. 1 vol. demi-rel.

264 — **Brazier.** Petits Théâtres. 2 vol.

265 — **Caylus.** Facilités. 1 vol. demi-rel. maroq.

266 — **Caylus.** Œuvres badines. 12 vol. demi-rel.

267 — **Champfleury.** Vie de Mosnier. 1 vol. broché.

268 — **Chevigné.** Contes rémois. Lévy, 1861. 1 vol. demi-rel. maroq.

269 — Chroniques scandaleuses. Quantin. 1 vol.

270 — **Corneille.** Œuvres. 1 vol. demi-rel. maroq.

271 — **Crébillon.** Œuvres. Quantin. 3 vol. brochés.

272 — **De Coste.** Légendes d'Ulonspiegel. Lacroix, Paris. 1 vol. demi-rel.

273 — **Duval.** Année théâtrale. 1 vol.

274 — **Erhard.** Contes en vers. 1 vol. broché.

275 — Étrennes aux dames. 1882. 1 vol. broché.

276 — **Fournier.** Album. 1 vol. demi-rel. maroq.

277 — **Fournier.** Le Théâtre avant la Renaissance. Gravures en couleurs. 1 vol. rel.

278 — **Fournier.** Le Théâtre aux XVIe, XVIIe et XVIIIe siècles. 2 vol. demi-rel. maroq.

279 — **Gautier.** Mademoiselle de Maupin. 2 vol. demi-rel. maroq.

280 — **Gœthe.** Faust. Illustrations de Tony Johannot. 1 vol. demi-rel.

281 — **Grandville.** Un Autre Monde. 1 vol.

282 — **Houssaye (A.).** Les Mains pleines. 1 vol. demi-rel.

283 — **Hugo (V.).** Les Orientales. Gosselin, 1829. 1 vol. maroq. plein.

284 — **Hugo (V.).** Odes et Ballades. 1 vol. broché.

285 — **Hugo (V.).** Théâtre. 1 vol. broché.

286 — **Hugo (V.).** Napoléon le Petit. 1 vol. broché.

287 — **Lacroix.** Dix-Huitième Siècle (Usages, Sciences et Arts). 2 vol.

288 — **Lafontaine.** Fables. 1 vol. demi-rel. maroq.

289 — **Lamartine.** Jocelyn. Gosselin, 1841. 1 vol. rel.

290 — **Larousse.** Dictionnaire. 16 vol.

291 — **Lesage.** Gil Blas. 1 vol. demi-rel. maroq.

292 — **Lesage.** Œuvres, avec figures. 15 vol. veau plein.

293 — Les Sens au Tribunal de l'Amour. Poésies. Gravures. Chez Correard. 1 vol. demi-rel.

294 — **Longus.** Daphnis et Chloé. Quantin, 1878. 1 vol. maroq. plein.

295 — **Maistre (Xavier de).** Voyage autour de ma chambre. Jouaust. 1 vol.

296 — **Marivaux.** Œuvres. 1 vol. demi-rel. maroq.

297 — **Mérimée (P.).** Colomba. 1 vol. demi-rel.

298 — **Millaud.** Némésis. 1 vol. broché.

299 — **Millaud.** Fantaisies de jeunesse. 1 vol. demi-rel.

300 — **Millaud.** Péchés véniels. 1868. 1 vol. demi-rel.

301 — **Moncrif.** Petits Conteurs. Quantin, 1 vol. broché.

302 — **Monselet.** Lorgnette littéraire. Deuxième édition. 1 vol. demi-rel. maroq.

303 — **Molière.** Œuvres. 1 vol. demi-rel. maroq.

304 — **Nisard.** Livres populaires. 2 vol. demi-rel.

305 — **Pauquet.** Costumes étrangers. 1 vol. chagrin.

306 — **Pertuiset.** Chasse aux lions. 1 vol. demi-rel.

307 — **Prévost.** Manon Lescaut. Lemerre, 1870. 1 vol. demi-rel.

308 — **Prévost.** Nouvelle Revue de poche. Lemerre, 1868. 1 vol. demi-rel.

309 — **Prévost.** Œuvres. Avec figures de Marillier. 39 vol. veau plein.

310 — **Roddoz.** L'Art ancien. 1 vol. broché.

311 -- **Rousseau (J. J.).** Le Contrat social. 1 vol. veau plein.

312 — **Sévigné.** Lettres. 1 vol. rel. chag.

313 — **Sand.** Masques et Bouffons. 2 vol.

314 — **Voltaire.** Romans. Ed. Renouard. 2 vol. demi-rel.

315 — Nombreuses partitions d'opéras et d'opérettes.

316 — Lot de musique française, anglaise, et de piano.

317 — Linge, draps, serviettes, linge de table.

318 — Literie de maitres et de domestiques.

319 — Objets de cuisine.

320 — Baignoire et son chauffoir.

321 — Débarras.

322 — Sous ce numéro seront vendus les objets non catalogués.

Etude de Me **GUSTAVE COULON**, commissaire-priseur

56, FAUBOURG-MONTMARTRE, 56

NOTICE SUPPLÉMENTAIRE

A LA VENTE

DES

Mercredi 16, Jeudi 17, Vendredi 18 et Samedi 19 Mai 1888

HOTEL DROUOT, SALLE N° 1

EXPOSITION PUBLIQUE

LE MARDI 15 MAI 1888

DE 2 HEURES A 5 HEURES

BIJOUX

323 — Paire de gros et beaux solitaires, sur montures à griffe; l'un des deux est en ancien brillant. Ils pèsent ensemble 16 carats 1/2.

324 — Jolie fleur de jasmin montée en brillants, dont un, formant le centre de la corolle, est jaune et ancien. Ce bijou est monté en broche et peut aussi se porter en épingle de coiffure.

325 — Important bouquet d'églantines formé de fleurs, de boutons et de feuillages; le tout monté de beaux brillants et de roses dans les accessoires, avec lesquels ce bijou forme broche ou aigrette.

326 — Aigrette en brillants formant broche, à double coquille ornées au centre d'une grosse perle fine. L'at-

tache est faite d'un nœud en forme de ruban. Les brillants pèsent environ 13 carats, et la perle 50 grains.

327 — Broche étoile à doubles rayons, ornée, au centre, d'une grosse perle fine d'un très bel Orient ; les branches sont enrichies de nombreux brillants anciens, ainsi que l'anneau d'attache. Les accessoires permettent de porter ce bijou dans la coiffure.

328 — Boutons d'oreille formés chacun d'une belle et grosse perle fine d'Orient, cerclée de brillants.

329 — Bague formée d'une belle émeraude entourée de brillants.

330 — Bague faite d'un gros saphir ovale de l'Inde cerclé de brillants.

331 — Bracelet en or, genre tissu, souple, monté de trois étoiles en brillants, avec chacune une grosse perle fine au centre des rayons.

332 — Joli collier à trois rangs de perles fines d'Orient, avec fermoir fait d'un saphir ovale entouré de brillants.

333 — Trois belles marguerites doubles, montées de brillants et portant chacune une grosse perle fine au centre.

334 — Bague forme jonc anglais, montée de cinq gros brillants anciens et d'une grande pureté.

335 — Jolie bague montée d'une grosse perle noire et de petits brillants sur les chutes.

336 — Petite mandoline en or ; le ruban formant l'attache de l'instrument est garni de brillants.

337 — Paire de boucles d'oreilles montées de grosses perles fines et de chacune dix brillants anciens.

338 — Bracelet en or émaillé bleu semé de perles et de roses.

339 — Miniature ovale représentant Guilhelmine de Saxe. Le cadre, en or, est cerclé de roses de taille de Hollande.

340 — Bracelet russe en or et serti de roses.

341 — Bague marquise montée de roses et de brillants.

342 — Jolie bague montée de trois grosses perles fines.

343 — Épingle de coiffure en or, ornée de roses.

344 — Bracelet en or, monté de trois perles fines et orné de semis de brillants et de perles.

345 — Parure de trois pièces en forme de nœuds de style Louis XVI, ornés de perles et brillants.

346 — Bracelet en or formé de pièces de monnaie, avec attaches montées de perles fines.

347 — Bourse longue en or.

348 — Aiguière avec son plateau en argent repoussé. Travail péruvien de style Louis XV.

349 — Grand plateau en argent repoussé, avec animaux accolés au centre.

PORCELAINES — OBJETS D'ART

DENTELLES — MEUBLES

350 — Beau service à thé et à café en vieux Saxe, décor à fleurs, à personnages et à médaillons, composé de douze tasses à thé avec leur soucoupe, six tasses à café et cinq soucoupes, théière, pot à lait, sucrier et grand bol, boîte à thé ; le tout d'un riche décor.

351 — Belle garniture de cheminée en bronze doré de style Louis XVI, composée d'une pendule et de deux candélabres.

352 — Statuette en bronze de Jupiter, par Chinard.

353 — Statuette d'Apollon, par Chinard.

354 — Mercure de Naples.

355 — Deux bas-reliefs, d'après Jean Goujon.

356 — Cinq panneaux sur bois représentant des scènes de la vie flamande, par *Breughel* le Vieux.

357 — Deux châles en cachemire de l'Inde.

358 — Lot de dentelles anciennes diverses : volants de Chantilly, mantilles espagnoles, point d'Alençon, d'Angleterre, de Bruxelles, de Malines, etc. (Sera divisé.

359 — Lambrequin en satin crème brodé d'oiseaux et de fleurs.

360 — Panneau de soie bouton d'or du temps de Louis XV, peint de fleurs, de palmiers et d'oiseaux.

361 — Dessus de lit en soie changeante, du temps de Louis XVI, broché de fleurs et de rayures.

362 — Lot d'étoffes anciennes pour rideaux, tentures, sièges. (Sera divisé.)

363 — Quatre très belles portières en satin de Chine richement brodées d'oiseaux, de fleurs et de papillons, deux portières sont sur fond bleu ciel, et les deux autres fond bois.

364 — Paire de rideaux de croisée en étoffe brochée de fleurs, avec galerie à draperies ; le tout doublé et molletonné.

365 — Deux croisées en damas velours et soie doublées et molletonnées, avec galeries drapées.

366 — Joli meuble de boudoir en velours de Gênes, fond argent et peluche rouge rubis, composé de : un canapé, deux grands fauteuils, deux moyens, et quatre chaises volantes ; le tout richement garni.

367 — Deux chaises à coussins couvertes en satin noir brodé de fleurs et d'oiseaux.

368 — Cinq tapis anciens d'Orient. (Sera divisé.)

www.ingramcontent.com/pod-product-compliance
Ingram Content Group UK Ltd.
Pitfield, Milton Keynes, MK11 3LW, UK
UKHW022002260726
13994UKWH00004B/1902

LES LOIS FRANÇAISES
A LA PORTÉE DE TOUS

CODE
DE
LA BOURSE

LA COTE & LES AGENTS DE CHANGE
COULISSIERS -- REMISIERS -- DÉMARCHEURS
BANQUIERS -- LES CONSEILLEURS
LES JOURNAUX PROFESSIONNELS
RAPPORTS FRAUDULEUX
LE JEU -- LA BOURSE
ORDRES DE BOURSE -- COUVERTURE
LIQUIDATION -- RÈGLEMENTS DE COMPTES
RÉPERTOIRES & BORDEREAUX
VENTE A CRÉDIT DE VALEURS COTÉES
TITRES AU PORTEUR
PERDUS, VOLÉS OU DÉTRUITS

" ÉDITIONS & LIBRAIRIE "
40, Rue de Seine, 40.
PARIS

Prix : 0.75

(Voir suite page 3 couverture

ÉDITIONS & LIBRAIRIE E. CHIRON, Éd., 40, rue de Seine, Paris-6e.